Cyfres Ddarllen Lliw'r Pump Prysur

Yr Antur Hanner Tymor

Mae Gwallt Jo yn Rhy Hir

Go Dda, Twm

Pnawn Diog

Twm yn Hela Cathod

Da Iawn, Pump Prysur

Pump Mewn Penbleth

Nadolig Llawen, Pump Prysur

Pump yn Achub y Dydd!

Antur y Pen-blwydd

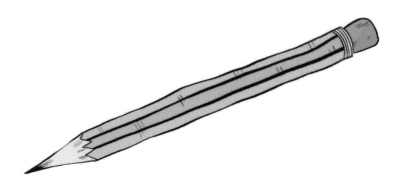

Enid Blyton

PUMP PRYSUR

PUMP YN ACHUB Y DYDD!

Addasiad Cymraeg gan
Manon Steffan Ros

Arlunwaith gan
Becka Moor

atebol

PUMP PRYSUR

Twm   Ani   Dic   Siôn   Jo

Y fersiwn Saesneg

Cyhoeddwyd gyntaf ym Mhrydain yn 2020 gan Hodder & Stoughton, Carmelite House, 50 Victoria Embankment, London EC4Y 0DZ

Ysgrifennwyd gan Michelle Misra. Hawlfraint y testun © Hodder & Stoughton, 2020
Arlunwaith gan Becka Moor. Hawlfraint yr arlunwaith © Hodder & Stoughton, 2020
Mae llofnod Enid Blyton yn nod masnach sydd wedi'i gofrestru gan Hodder & Stoughton Cyf

Dynodir hawl yr awdur i gael ei chydnabod fel awdur y gwaith hwn dan Ddeddf Hawlfreintiau, Dyluniadau a Phatentau 1988.

Y fersiwn Cymraeg

Cyhoeddwyd yn y Gymraeg gan Atebol Cyfyngedig, Adeiladau'r Fagwyr, Llanfihangel Genau'r Glyn, Aberystwyth, Ceredigion SY24 5AQ

Addaswyd i'r Gymraeg gan Manon Steffan Ros
Dyluniwyd gan Owain Hammonds
Golygwyd gan Adran Olygyddol Cyngor Llyfrau Cymru

Hawlfraint © Atebol Cyfyngedig 2020

ISBN 978-1-913245-47-4

www.atebol-siop.com

The item should be returned or renewed by the last date stamped below.

Dylid dychwelyd neu adnewyddu'r eitem erbyn y dyddiad olaf sydd wedi'i stampio isod

To renew visit / Adnewyddwch ar
www.newport.gov.uk/libraries

CYNNWYS

Ras i fyny i'r copa!' galwodd Jo dros
ei hysgwydd. Roedd hi wrth ei bodd yn ôl ar
Ynys Curig gyda'i chefndryd a'i chyfnither.
Gyda gwyliau'r Pasg o'u blaenau, ysai am
wybod pa **anturiaethau** oedd o flaen

y **Pump Prysur.** Gwibiodd hi i fyny'r bryn, gyda Dic a Twm yn brysio ar ei hol.

Ochneidiodd Ani, a throdd at Siôn wrth i'r lleill frysio ar hyd y llwybr. 'Dwi'n cymryd mai **ni fydd yn cario'r picnic, felly!'**

'Wel, ie,' cytunodd Siôn. 'Ond chawn nhw ddim bwyta nes ein bod ni'n cyrraedd!'

Roedd hi'n fore **heulog a chlir,** felly roedd y Pump Prysur wedi penderfynu mynd mewn cwch o gwmpas yr ynys. Roedden nhw'n gwisgo'u gwisgoedd nofio dan eu dillad, **rhag ofn** iddyn nhw gael awydd mynd i nofio yn y môr.

Roedd mam Jo, Anti Jini, wedi paratoi llwyth o ddanteithion blasus iddyn nhw – **rholiau selsig, brechdanau ham, diod sinsir** – ac yn goron ar y cyfan, **cacen siocled ffres!** Roedd synau llwglyd iawn yn dod o fol Ani'n barod. Cododd hi'r ddau fag a adawodd Jo a Dic ar lawr, a cherddodd Siôn yn ei hymyl yn cario basged **bicnic fawr.**

Cyn pen dim, cyrhaeddodd Ani a Siôn ben y bryn lle oedd Dic yn ei ddyblau, yn cael ei wynt ato. Brysiai Twm o le i le, yn **cyfarth yn llawn cyffro,** a'i gynffon yn uchel.

'Fe wnes i guro Dic!' broliodd Jo. 'Lle wnawn ni fwyta?'

Edrychodd pawb o'u cwmpas, gan syllu ar yr olygfa fendigedig. Er ei bod hi'n gynnes, roedd **awel braf** yno, a'r ewyn gwyn ar y tonnau fel ceffylau'n carlamu.

'Be am draw fan'na?' holodd Siôn, gan bwyntio at lain o laswellt.

'Oooo ia,' meddai Jo. 'Am lecyn perffaith. **Ac am ddechrau gwych i'r gwyliau!'**

PENNOD DAU

Gosododd y plant eu **blanced picnic** ar lawr
a rhoi'r bwyd arno. Ymhen chwinciad, roedd
pawb yn **bwyta'n llawen.**

'Mae popeth mor flasus,' meddai Dic, gan
gymryd **brathiad mawr** o rholyn selsig.

'Ydi wir!' cytunodd Ani.

Ar ochr draw'r bae, roedd defaid yn **pori'n dawel mewn cae ar ben clogwyn** a gallai'r Pump weld **ŵyn bach** yn prancio o gwmpas eu mamau.

Benthycodd Ani sbienddrych Siôn er mwyn gweld yn well. 'O, mae 'na **un bach** draw fan'cw,' meddai, gan bwyntio. 'Mae o gymaint yn llai na'r lleill. **Am annwyl!**'

'**Hei!**' meddai Siôn wrth i wylan wibio atyn nhw a dwyn brechdan. Gwibiodd yn ôl i'r awyr, gan **grawcian yn uchel** cyn llyncu'r cwbl.

Chwarddodd ei chwaer. 'Gwell i ti ddal yn dynn yn dy frechdan nesa, Siôn!' meddai.

Cyn bo hir, teimlai'r plant yn fodlon, a'u **boliau'n llawn.** Roedd pob briwisionyn wedi ei fwyta, heblaw am y **gacen;** cafodd honno ei lapio'n ofalus ar gyfer amser te.

'Mae'r gwynt yn dechrau codi a dwi ddim yn licio golwg y cymylau yna draw fan'cw,' meddai Siôn. 'Efallai y dylen ni bacio'n picnic ac anghofio am **fynd i nofio.'**

Cytunodd pawb.

Wrth iddyn nhw glirio, cuddiodd yr
haul tu ôl i gwmwl. Rhoddodd Ani law i fyny i
orchuddio'i llygaid, a **sylwodd** ar **symudiad
bach** ar y clogwyn ar yr ochr draw.

'Beth yn y byd oedd hynna?' holodd.

'Draw fan'cw,' meddai gan bwyntio. 'Dwi'n siŵr i mi weld **rhywbeth ar wyneb y clogwyn.'**

Cododd Jo ei hwysgwyddau. 'Fedra i ddim gweld unrhyw beth, **ond mae'r defaid yn swnllyd.** Gallwn ni eu clywed nhw'n blaen – gwrandewch!'

Roedd hi'n llygad ei lle. Roedd hi'n amlwg fod rhywbeth wedi **dychryn** y defaid. Roedden nhw'n pori mor dawel gynnau, ond bellach roedden nhw'n **swnllyd iawn.**

Roedd Siôn mewn penbleth hefyd. Yn sydyn, gwaeddodd yn uchel. **'Edrychwch draw fan'na!** Mae'r clogwyn yn cwympo i'r môr!'

19

Syllodd pawb draw i'r fan lle roedd Siôn yn pwyntio. Roedd rhan o'r clogwyn ble roedd cae'r defaid yn **cwympo** i ganol y tonnau. Ar ben y clogwyn gallai'r plant weld smotyn gwyn – **roedd oen bach yn cwympo hefyd.** Syrthiodd i'r môr gyda **sblash.**

Syllodd y Pump mewn braw.

PENNOD TRI

'**O na!** Beth yn y byd allwn ni wneud?'
bloeddiodd Jo.

Edrychodd Siôn drwy ei sbienddrych at y
tonnau lle cwympodd yr oen. Doedd dim siw na
miw ohono.

Gwyliodd Jo ac Ani'r môr yn betrus.
Daeth pen bach gwyn drwy'r ewyn ar y tonnau
– roedd yr oen yn ceisio nofio i'r lan!

'Diolch byth!' meddai Ani.

Roedd yr oen wedi goroesi'r cwymp ac wedi **dringo** ar graig fach ar waelod y clogwyn, gan geisio osgoi'r tonnau mawr.

'Be nesa?' gofynnodd Dic.

Doedd dim ffordd i fyny a dim ffordd i lawr. Roedd y creadur bach yn **sownd!** Codai'r gwynt ac aeth y tonnau'n **fwy** ac yn **fwy** – ac roedd peryg i'r oen gael ei sgubo ymaith i'r dŵr.

'**Sbïwch!**' meddai Dic yn sydyn wrth
i gi defaid brown a gwyn ddod i'r golwg ar y
clogwyn uwchben.

'Nedw 'di hwnna,' meddai Siôn. 'Ci Mr Prydderch y ffermwr! Am glyfar – mae Nedw'n mynd i nôl ei feistr!'

Gwyliodd y Pump wrth i'r ffermwr ddilyn ei gi a **throedio'n ofalus at ochr y clogwyn.** Rhoddodd ei ddwylo ar ei ben wrth iddo sylweddoli bod rhan o'r clogwyn wedi **cwympo i'r môr.**

Gwyddai'r plant na fyddai'r ffermwr yn gallu eu gweld na'u clywed o ochr draw'r bae, a doedd ganddo **ddim gobaith** gweld yr oen bach oedd yn sownd ar waelod y clogwyn o'r fan lle roedd o'n sefyll.

'Beth yn y byd allwn ni wneud?' gofynnodd Siôn. 'Ni ydi'r **unig rai** welodd y ddamwain, felly dim ond ni sy'n gwybod **lle mae'r oen.**'

'Wel,' meddai Jo, 'bydd rhaid i ni **achub** yr oen. Fedrwn ni ei gyrraedd mewn cwch. **Dewch, bawb!'**

PENNOD PEDWAR

Brysiodd y Pump i lawr y llwybr a **thros y traeth** i'r fan ble roedden nhw wedi gadael y cwch bach y bore hwnnw. Taflwyd y fasged bicnic i'r cwch, gwisgodd pawb eu cotiau a **neidio i mewn.**

'Jo neu Siôn – gwell i chi rwyfo, **chi sydd gyflymaf,**' meddai Dic.

Brysiodd y cwch bach dros y dŵr, ond **roedd y tonnau'n uchel yn y gwynt cryf.**

'Brysia, Siôn ... brysia!'

bloeddiodd Ani.

'Dwi'n mynd mor gyflym ag y galla i!'
atebodd Siôn.

Wrth iddynt agosáu at droed y clogwyn, stopiodd Siôn rwyfo a gwneud ei orau i ddal y cwch yn llonydd. Gwyddai y gallai'r tonnau wthio'r cwch **at y creigiau.**

'Be wnawn ni rŵan?' holodd Ani. 'Dydan ni'n methu symud yn agosach at yr oen.'

'Siôn,' meddai Jo. 'Wyt ti'n meddwl y gallet ti ddal y cwch yn llonydd am ychydig yn hirach tra bod dau ohonon ni'n **nofio at yr oen?** Dydy o ddim yn bell.'

Nodiodd Siôn wrth frwydro yn erbyn y llanw. 'Bydd hi'n **anodd yn y gwynt yma,** ond mi wna i fy ngorau.'

'Grêt! Dic – tyrd efo fi. Ani – dal y rhaff yn barod,' galwodd Jo.

Tynnodd Dic a Jo eu dillad hyd
at eu gwisgoedd nofio, a neidio i'r môr
rhewllyd. Llamai'r **tonnau bywiog** o'u
cwmpas.

'**Wff,**' cyfarthodd Twm wrth i'r cwch siglo yn y tonnau. '**Wff, wff!**'

Wrth i'r nofwyr agosáu at droed y clogwyn, tynnai'r llanw nhw **yn ôl ac ymlaen.** Roedd rhaid iddyn nhw fod yn ofalus iawn i osgoi'r **creigiau miniog,** tywyll.

O'r diwedd, cyrhaeddodd y ddau a chodi eu hunain ar y graig. Ond **roedd ofn** ar yr oen ac roedd o'n cilio oddi wrthyn nhw.

'**Meeee,**' llefodd.

Gwrthodai ddod yn agos. Beth oedden nhw'n mynd i'w wneud rŵan?

'**Helô, oen bach**,' meddai Dic yn fwyn.

Ceisiodd Jo ddenu'r oen, ac yn araf daeth yr un bach yn nes. Llwyddodd Dic i'w **godi** ar ei ysgwyddau.

'**Y rhaff, Ani! Tafla'r rhaff!**' galwodd Dic.

Gan ddefnyddio ei holl nerth, taflodd Ani'r rhaff i'w cyfeiriad a, **diolch byth,** llwyddodd Jo i'w dal.

'**Da iawn ti, Ani!**' bloeddiodd Jo.

Gwenodd Ani, **er nad oedden nhw wedi gorffen y dasg eto.**

Roedd dal angen cael Dic, Jo a'r oen yn ôl i'r cwch yn ddiogel.

Cydiodd Jo a Dic yn dynn yn y rhaff.
Roedd gan Dic un llaw yn gadarn ar yr oen **o
gwmpas ei ysgwyddau.** Pasiodd Siôn y rhwyfau
i Ani a thynnodd y lleill yn ôl i'r cwch, er
gwaetha'r tonnau cryf.

'**O, am gariad!**' Ymestynnodd Ani am yr oen a'i godi o ysgwyddau Dic wrth iddo ef a Jo ddringo i mewn i'r cwch. Rhoddodd yr oen y tu mewn i'w chôt i'w **gynhesu** tra safai Twm gerllaw yn ei warchod.

'**Wff!**' cyfarthodd, gan lyfu'r oen yn
gyfeillgar a'i fwytho gyda'i drwyn.

''Dan ni angen ei gael o 'nôl i'r lan **cyn gynted â phosib!**' meddai Siôn, a dechreuodd rwyfo o'r clogwyni tuag at **Fae Curig.**

Mewn dim o dro roedden nhw'n medru gweld y bae, a bloeddiodd Jo, **'Dacw Mr Prydderch!** Sbïwch! Mae o wedi dod i lawr at y traeth.'

Edrychodd pawb wrth i'r ffermwr **frysio** ar hyd y tywod i gyfeiriad y cwch bach, a Nedw'r ci yn dynn ar ei sodlau.

'Efallai ei fod o wedi clywed yr oen yn **brefu,**' meddai Dic.

Dechreuodd y plant **weiddi a chwifio** o'r cwch er mwyn dal sylw'r ffermwr.

I ddechrau, roedd Mr Prydderch mewn **penbleth** braidd, ond pan gododd Ani'r oen o'i chôt, roedd ei **ryddhad** yn amlwg.

Pan gyrhaeddon nhw'r lan, **neidiodd y pump allan o'r cwch.** Rhedodd Jo ac Ani i gwrdd â'r ffermwr tra tynnai Siôn a Dic y cwch o'r môr.

Gwenodd Mr Prydderch. 'Bobol annwyl!' meddai. 'Dach chi wedi dod o hyd i'r oen, ac mae'n **berffaith iach!'**

'Fe gwympodd y clogwyn! Syrthiodd yr oen yr holl ffordd o'r **cae** i'r **môr**, ond rhywsut roedd o'n iawn ac fe ddringodd ar graig,' esboniodd Jo. **'Diolch byth** ein bod ni wedi gweld y cyfan!'

'**Ar fy ngwir,** 'dan ni wastad wedi cael trafferth ar hyd y rhan yma o'r ynys gyda'r clogwyn yn cwympo, ond ro'n i'n siŵr y byddai fy nefaid yn saff yn y cae yna. Dwi wir yn ddiolchgar. Fe gyrhaeddoch chi'r oen ar yr union **eiliad iawn!**'

PENNOD CHWECH

Fe ddylen ni fynd **adre** cyn i'r tywydd waethygu,' meddai Siôn gan edrych ar yr awyr gymylog. Roedd hi'n **dechrau bwrw.**

'Ac mae'n bryd i Dic a finnau newid o'r dillad nofio gwlyb yma,' meddai Jo, a'i dannedd yn clecian.

Cododd Mr Prydderch yr oen bach yn ddiolchgar, a'i gario dan ei gesail. Roedd hi'n ffordd hir yn ôl i'r fferm, felly estynnodd Jo wahoddiad iddo fo, Nedw a'r oen bach yn ôl i **Fwthyn Curig** i bawb gael cynhesu.

'Gawn ni danllwyth o **dân** – a darn o'r **gacen siocled,'** meddai Jo.

'Perffaith,' meddai Dic.

'Wel, dyna garedig, Jo,' atebodd y ffermwr. 'Petaech chi heb ddangos y ffasiwn **ddewrder,** byddai dim gobaith gan yr oen bach. Ac mae'r un bach yma'n **ffefryn** gen i.'

Ymlwybrodd y plant a Mr Prydderch ar
hyd y llwybr am y tŷ. Roedd hi'n **deimlad
mor braf** i weld y bwthyn clyd!

'Diolch byth eich bod chi adre!' meddai mam Jo. 'Roeddwn i'n dechrau **poeni** ar ôl gweld y tywydd yn troi.'

Synnodd wrth weld yr oen, ond pan ddywedodd Jo wrthi am yr antur wrth ei **achub o'r creigiau,** dywedodd, 'Wel, am **wefr!**' Ac aeth â phawb i'r lolfa iddyn nhw gael cynhesu.

Cyn hir, roedd pawb yn bwyta **cacen** a **chrympets** o gwmpas y tân, ac yn sychu eu hunain â thywelion mawr, cynnes.

'**Meee!**' brefodd yr oen wrth brancio o gwmpas y lolfa.

'Roedd y plant 'ma i gyd mor **ddewr,**' meddai Mr Prydderch wrth Anti Jini.

'Yr oen oedd yr arwr go iawn,' meddai Jo. 'Mae'n rhaid ei fod wedi teimlo mor **ofnus.**'

'Yn sicr, roedd o'n ddewr iawn,' cytunodd Ani. 'Ac am fod yn oen bach mor ddewr, mae'n haeddu enw go iawn.'

'Yn hollol,' meddai Dic. 'Beth am **Dewrder?** Wedi'r cyfan, roedd o'n ddewr iawn allan yn y tonnau.'

'Enw hyfryd!' dywedodd Siôn.

Cytunodd y Pump fod yr enw'n berffaith.

'Wff,' cyfarthodd Twm, gan ymuno â'r hwyl. Roedd yntau hefyd yn cytuno!

Gobeithio eich bod wedi
mwynhau'r stori fer yma.

Os ydych chi am ddarllen mwy am
helyntion y PUMP PRYSUR yna
ewch i atebol-siop.com am fwy
o wybodaeth am y teitlau diweddaraf.